二十二才の地獄

吉田 文雄

文芸社

律

ささやかであるが
この集のすべてを
万感込め
姓は変ったであろう
律さんに捧ぐ

振りかへれば十一年前
純愛《こい》の秒刻《とき》は　瞬《またた》きのよう
淡雪《ゆき》の命のよう過ぎるも

真綿《わた》のよう　暖かく
穢《けが》れ映さぬ
赤ん坊の眼《まなこ》より
なほ澄みきった　貴方《きみ》の真情を
父《おや》となった現在《いま》も
つくづくと思う故に

昭和五十三年二月

律

やや小さめの
テーブルクロス

一年半前
冬の寒い一日を　共に歩いた
お下げ髪の少女に
譲り受けた物

少女　今は遠い
白山と言う所に住みとか

あの少女　あの日の私の
瞳〝きらきら〟輝かせ
襟正し　下向き　はにかんだ
恋慕の情など　未《いま》だ憶えているかな

昭和四十三年八月

永久《とこしえ》に

生身《からだ》
野良犬に　咥えられ
どす黒い　血を滴らす
一塊《ひとかたまり》の肉になるも

生身
赤い兵士《つわもの》のよう
青草のない　荒れ野原にさらされ
鴉の餌食《えじき》の屍《かばね》となり
異国の土になるも

生身
麻薬射たれ　骨〝ぼろぼろ〟になり
アブサン掛けられ　燃やされて
粉粉《こなみじん》と化し　大海《おおうみ》に葬られるも・・・・・

霊魂《たましい》　この霊魂は
吹く風に　長い黒髪なびかせた
燃えるを知らず
輝くばかりの柔肌の
十八歳の処女《むすめ》の日の
君の虚栄《うそ》かけらのない
セーラ服の匂いの
愛《なさけ》を永久に忘却せず
　　昭和四十七年
　　　二十六歳の日に

お下髪　ここに戻れと　酔い痴《し》れる

-杵屋にて-

古傷の　疼きを耐えて　鯉を切る

律と彫る　返り血浴びて　大木に

挽歌

慈悲深い夕陽に
肌さらけ出し
すすきの葉　刹那の光

慈悲深い
紅色《くれない》の夕陽落ち
すすきの葉
仄暗い影

すすきの葉
冬を見ず

「自分を殺すと思った事ある」
昭和四十一年　九月の末に聞いた
君の最初の声の
最初の言葉が
霞網のような　私の鼓膜の端に
容易に　ほどけなくなって
今日《いま》も絡まっているよ

永訣

肺を病める　乙女のような
白く細い首
かっ裂《き》って！

酒精《アルコール》に犯《や》られた腸《はら》
搔《かき》切って！

さまざまな美しい思い
ありったけの力で抱きしめて
血の涙を流して　歯を食いしばり
かっ裂って！

さまざまな醜い思い
蹴っとばし　踏んづけて
搔切って！

いとほしい女人《ひと》への思い
狂おしい熱情の
私の悲しい性《さが》故と・・・・・・

首　かっ裂って
腸　掻切って
背の低い　痩せた身体
真っ赤に染まり　地上をのたうち
直に訪ねくる　永遠《なが》い熟睡《まどろみ》を待つ

薄化粧　施した
美男《かなしみ》の顔に　鴉一羽爪立てた
昭和四十七年秋

二十二才の地獄

序詩

おお筑波の山よ　霞ヶ浦よ
我を見守りたまえ

我も又　君達の如く
でっかく　逞ましく　生きたいのだ
ちっぽけな事には　おくびにも出さず

かの筑波の山よ
君よりも高く素直に

かの霞ヶ浦よ
君よりも清く静かに

生活《くらし》

前に並んだ　海の辛　売りたくも
客　我が心　判らぬよう
気忙しく　去り行くばかり
今年も　夏を憎む

◎

今日の日も
声を限りに　怒鳴ったり
「買ったんさい　見てらっさい」
今の　我にあるのは
この一言のみ

◎

我　我よりでかい鮪　捌いたり
強そうな奴も
死すれば　枯木より脆く

◎

暑い日に
動かぬ身体　〝鞭〟打ちて
重い　〝樽《たる》烏賊《いか》〟引きているかな

◎

文字読めぬ
白痴らしい女
鯖買うなり
洟《はな》垂《た》らし　一ヶ月も
水を通さぬような　衣纏いたる
子供二人引き連れて
哀れ　この親子の末《さき》は　如何に

◎

共に　生臭い魚売りたる　年増
今見れば　飲み屋の女将

ある者　せせら笑うが
我には　逞しくも見ゆ

◎

かの甘い匂いに　陶酔《うつとり》
鮭買う客の左手に　梔子一輪

◎

常連の憎らしい客
今日の日も　安物買うのに
皮肉述べる　なれど客
おどけつつ　問答するも
後姿　〝しか〟と睨む

◎

穴あいた長靴
新しい物を買う金がなく
捨てるを戸惑う

◎

〝ぶつ切り〟食べて

一時をしのぐかな　空腹増す
真夏の午後五時十分

前に置かれた　丼の白い飯
口中に放り込んだり
犬よりも　がっつき
猫よりも　素早く

◎

日曜の午後の店内に　迷い子一人
親を求めて　泣き叫ぶ

心ある　店員は
笑顔で　幼児《こ》を抱きかかえ
「誰かこの幼児を知りませんか！」
雑踏の中　幼児の懐《ふところ》の
親を深してる

◎

香り良い　新茶飲みつつ
「今日も売れるといいなー」

◎

一人呟く　多忙の次の日は
蝉の声　うるさく聞こゆ
八月十五日は

◎

煙を出さず　錆びたる煙突一本
空に向かい立つ　何を語るのか

◎

病める心に流れくる
妙なる調べ
酒汲みし　涙浮かべ
しばし　聞き惚れる夜

◎

入院の友の病室

蝿の糞　黒く付いた蛍光灯
灰色の壁
白いはずのベットも　染み汚れ

まるで　この部屋
人生の落し穴

天井より　垂れさがる　千羽鶴
誰が織ったか　分からぬが
その真心　宝石より尊く

◎

戯れようか　夏祭り・・・・
飲んで我失うが　関の山
囃子聞きつつ　逃げて来た

◎

夜を待つ間三十分
行くあてなし

酒飲みたくも　金はなし
くたびれた　自転車に乗り
映画の看板
見にゆく　夜なども　あるかな

◎

疲れた身体
日暮れの街に放り出し
一人歩むや

かの目が　捕らえしは
虹より美しい
初秋の夕焼け

◎

古手紙　二十二通
四年前の恋人より　受けた物
忘れ得ぬ人よ
この十月　他人《ひと》の花か

思い出など　作れない
幻のような日々だったが

君の花嫁姿
我が飢える物の
眼《まなこ》に映してやりたや

◎

さらさらと
葦の葉悲しくゆれる
泣ける如くに
さざ波立ちて
汚れし水は清く見ゆ
秋浅き桜川

◎

幼き頃より
恐がりし　犬なのに
このブルドック

我になついて　短い尾を振る
◎
親父に　おっかあ口論す
親父　機嫌悪い事
おっかあに　ぶちまける
我が小心者の悲しさよ
「やめろ」とも言えず
呆然となり　その場立ち去る
◎
陽有れど
雨降る　今日の朝
我が心に似れど
我は雨の日のみが多くあり
◎
檻の中の十姉妹
糞してさえづる
悲しいかな

鳥は飛んでいてこそ
その美しがわかるのに

◎

純朴な人々
かの恋瀬川の流れ
かの筑波の山の美しい　高嶺
ああ　高浜

◎

時雨　来たれし
さやかに見るも
皆逃げまどう
かの姿〝溝《どぶ》鼠《ねずみ》〟思わす

◎

フィルターに口づける
我に一瞬　余裕安らぎ与えしも
むなし　数分後
灰と化し　無となる　この煙草

◎

酒　人これを気違い水と言うも
我には何よりも
生き甲斐で
人生の道標《みちしるべ》と信じつつ
今宵も又飲む

◎

長い睫　鏡に映し
やさしく撫でて　自惚て
数本抜いて
夏の青い空に散らしぬ

◎

酒のみ友達
やくざにリンチされると聞き入れて
かの人　見舞いにくれば
左目のでかい包帯
身体には　三、四の鮮血滲む生傷

おそろしいかな
我一ヶ月半前　見知らぬ地へ放浪し
傷こそ負はぬが
ゆきずりのやくざに
殴る蹴るの乱暴を受け
一夜入院したのを蘇えしたり
その心境　悔しさ　後悔
いやそれ以上の苦しみがあったり
かの人の油汗滲む　苦痛の横顔
我　同情持ちて
かの人の心中察する

◎

すぎし日に
唇合わせ　舌を噛み合い
熱い秘事《ひめごと》　交わした人

今日の日逢い

横顔見つめるも
語るは一言もなし
月日経てば
人の心は変るものかな

◎

たわむれに
若い娘の肩を抱き
白く美しい首筋　見とれるも
淡い化粧の匂いに両に目閉じる

◎

落日の頃　どす黒い林の中より
青白い光発っし　我を呼ぶか
教会の呪わしげな　十字架

◎

青空は灰色に
松の緑は泥より黒く
白い煙も褐色に

怒れる心はこう見ゆ

◎

昼下がり時
救急車のサイレン　高く鳴り
金も地位もある
四十三才の男　命散る
尊とくも　軽く脆い存在よ
この世の人の命は

◎

濡れ髪に思い浮かぶは
幼きの日
おっかあに手を引かれ
時雨の後に歩いた
あの開拓の田圃の畦道か

大洗

見たぞ　大自然　大海原
今日の日は　この広大な
大洗を歌いあげる

岩の間を駆け巡る
名も知らぬ貝
岩にへばりつき　離れを知らない
小さいながらも　忍耐強し

靄《もや》にけむる　大洗　〝海の家〟
ぼやけて見える
後方より　波飛沫《しぶき》
高くなり　我を襲う

ゴム草履　つっかけて

熱い砂浜　歩むや
かの足に絡むは　一筋の昆布

波に磨かれた　なだらかな岩
我も　かの岩の如し
世の荒波に揉まれ
心円《まる》き　穏やかな
人間になりたるか

真っ黒に焼けた身体
歯の白さのみが　引きたつ顔
かの者　かの地の少年か

ズボン穿きまま
水辺に立てば
不意打ちの波に　足奪われ
全身　ずぶ濡れの

馬鹿者めもいるかな

笑い戯れつつ
我が前通る　若い男女
彼らの姿　見流がして
一人身の淋しさ　つのらしたり

大洗　かの海上　舟五艘
消えては見えて　又消えて
木の葉に見えるや
我が心にも似て
落ち着きを知らぬ

水平線　見つめ立ち
遮る物は　何もなし
只　広大な海原
かの彼方は　異国の地か

荒波の前に立ち
握りしてた砂
〃さら　さら〃と落とすや
なれどこの砂
我に舞い戻り　目より涙盗む
大洗よ　今日の日
君を歌ったのは　我一人のみか

忍び泣き

二十四才の　遊び人に
純潔砕かれ　忍び泣くか
十九才の　無垢な娘よ

遊び人　舌《べろ》出し
逃げたというのに

娘　毎夜毎夜　枕を涙で濡らし
胸焦がし
ついには　煩悩に憑かれ
遊び人への　念　断ち切れぬとか

男が悪か　女が無知か
とにかくに
悲しや女の性《さが》は

車中スケッチ

遠く筑後の山は　くっきりと立つ
かのものは消えゆくなり

車中にて我が目に食い入るは
やくざ風の男一人
空虚なれど　後姿　哀愁漂よはす

上空を仰いだり
紺碧の中
ゆるやか流るる　真白き雲
かの元　色淡き紫陽花
両のものに語りたくも
我は車中の人なり
惜しみつつ見納めたり

片恋

思い出とは錯覚なり
その錯覚に青春を賭け
たとえ破れ去るも
一《ひと》かけらの悔いも残すまい

◎

春すぎる頃
愛らしい美少女に淡い恋す

◎

皆寝静まる深夜に
薄明り在り
豆電球を見つめ
君を偲ぶ

◎

名も知らぬ病院で
名も知らぬ人と

言葉を交わしたり
君と語る以上に
◎
腐敗し悪臭放つ我が心だが
今宵も君の横顔目蓋《まぶた》に浮かべし
◎
我が六日《むいか》したためた日記
君受け取らず唇嚙みしめ
うなだれて
君に背を向く
◎
七月の夜の星に叫んだり
「ワンス・モア・チャンス」
◎
すれ違う君なのに
笑みも振り向きさえも
許しくれぬ

◎
日記書き終へて
後に残るは
日記の中の君の面影

◎
君が手を触れた子供服
それを纏う子供が　うらやましい

◎
君に似しは
神秘匂き漂う梔子《くちなし》

我に似しは
情熱の真紅の薔薇

◎
冷たきは
華麗なる冬の氷霧
熱きは

燃え盛るのみの真夏の陽
◎
夢破れ
つたの葉に水は上らず
願い叶わぬ知りつつも
来る夜来る夜
君のイニシャル
〃モナリザ〃埋もる
ブルーの日記帳
いとしモナリザ
我が炎の片恋哀れと思え
◎
我が片恋　霞より淡し
大海よりなほ深く
晩秋の風の如く
◎
我が情熱は

テロリスト《ひとごろし》の如し
どす黒いもの
許して下さい
許して下さい

春の日

やや風もあるも
冷たくもなく
目を向けても
陽は眩しくもなく
空に雲は薄く
只一匹鯉錦
命なくも　身を振う

惜別

憂愁誘うも華麗なるか
ゆるやか流るる
紅染《くれない》まるちぎれ雲

黄昏に哀《あい》しき侘びしの風香る
初秋の今日の日この地去り行くか
思い出の人よ
かの君が　筑波の山　霞ヶ浦よりも
凛々しく雄々しい面影は
その面影は　君他の地の花となり
この地忘るるとも
君がかの前皆々の胸中深く
我が愚《ぐ》れし乏しかる者の胸中にも
野菊の花の如く
永遠《とわ》に咲き乱れるであろう只ひとえに

辛《つら》く淋しくも　別離《わかれ》なるは
遠い昔より　人の世の習わし
なれどこの惜別　涙して咲かせず
君がこの地において
玉の汗拭い　血みどろとなりし
四年六《む》月の御苦労深くねぎらい
尚増す　未知の地においても
惜しみない
十二分の御奮闘期待したり

君　我等共に　若年なるも
歩むは　石ころだらけの
厳しく険しい道一筋
君が故里の雑草の如し
蹴られ踏まれる時にも
頭持ち上げ　屈っする事なく
長い人生　力強くでっかく生きよ

けい子よ

けい子よ君は
絹糸のような　霧雨の降る日の
十一月三日を憶えているか

一つの傘に　二人が包まれた時の
君の恥らいを　私は捕えた

あの日の歓喜《よろこび》は今なほ
この心深く
しっかりとい抱いている

喫茶店〝ウイーン〟での
忘却し難い夢心地《まどろみ》を
既《すで》に朽《く》ち果てたであろうが

美しかった亀城公園の菊の花よ
たそがれ迫《せま》る
霞ヶ浦湖畔を肩ふれあい
君の好きな　「ゴンドラの唄」を
二人で口づさんだ

十一月三日を　けい子よ

けい子よ
私は君に突飛な嘘を言い
心乱れ　血反吐を吐くほど苦しみ
頭の天辺《てっぺん》から　足の裏まで
無垢な君を悩ましたかもしれない
真実《ほんと》はあの日の語らいと
君に当てた下手糞で

きざな手紙だけだ
私は今でも君を愛しているよ
ぎりぎり一杯にね

これまでに
私は幾多の人を愛した
君より遥かに愛した人もいる
今は君一人のみだ

君から受けた手紙を
目をこすりながら
繰り返し　繰り返し　よんだところだ

君は繊細にして
心やさしく利口だ
これから先の日には
心ない人達から　陰口で叩かれ

くちびるを思いっきり
噛まされる日もあるだろう

せちがらい人の世の醜さを
いやというほど見せつけられ
目を覆う日もあるだろう

君はそんな人のひがみや
雀のさえずりなどに
おくびにも出すものか
君こそ　正当《あたりき》のかしこい少女なのだ

なのに私は　陽のある頃から
時には借金をし
大酒を喰らい　俺を忘れ
野良犬のようさまよい
あげくの果て　相手かまわず毒づき

ぶっとばされ
酔いが覚めれば俺を責めている

けい子よ　たとえ
女としての尊いものを
喪失する時があろうとも
私のような　つむじ曲がりの
やけっぱちな人間にはなるな

烈風《かぜ》

砂塵　鎌鼬《かまいたち》のよう　宙をさまよう
巨大な黒雲　竜となり翻《ひるがえ》る

地中を這う　根は　不死身も
奥床《おくゆか》しい　葉は　散らされて
枝は　揺さぶられ　裂けてゆく
幹は　震えて　絶叫する　紅葉の木

俺の顔に　したたか
平手打ちを喰らわして
「覚醒《めをさませ》しろ」と言うのか
烈風よ

アブサンの悲しみ

―二十二才の地獄―

一

甘っとろいジンではない
今日俺の充血した
眼から流れる
辛く熱いのアブサンだ

この悲しみは
泥酔の俺と！
自己嫌悪の俺と！
意志薄弱の俺と！
出鱈目の俺と！
やくざ《ゼロ》の俺と！
八方美人《五重人格》の俺と！
不具者の俺と！
生真面目の俺と！が
俺に勝手になすりつけた

消し難くどんな愚かな奴にも
味あはせたくない
俺一人の贅沢な悲しみだ

明日の微塵の益もなく
俺の頬を濡らす
辛く冷たいのは
このアブサンだ

二

やせちまったなー
やせちまったなー
お前も俺も
お前はこの一年で
三キロやせたと言うが
俺は四キロやせちまったよ
お前は俺に
「飲んでばかりいるからだ」と言うがよ
お前だって
面《つら》じゃ笑っているが
慟哭《うめき》ながら
飲んでいるじゃねえか
そうよそうよ
俺たちゃあー
裏と表とを

互いに分かちあい
素っ裸でここまで
生きてきたんだ
悲しいこった
悲しいこった
お前も俺も
助骨《あばら》がこんなに
剝き出しになってしまってよおー

三

「貴方は多情な人ね」
金縁の眼鏡を掛けた
オールドミスが
俺にいったけ
ああそうだよ
お祭しの通り
俺は多情な男だよ
惚れた女は数知れねえ
M子に　K子に　N代
えーとそれからあのS江
名は忘れたがまだまだいる
しかしな
薄い氷のような愛《なさけ》しか
持ち合わせない女にも
遮二無二惚れたんだよ

みんなそっぽ向き
はなも引っかけてくれなかった
中には〝ちら〟っと
艶目《いろめ》をくれた女もいるが
今となっちゃあ
誰もいねえ
どうせこの世で俺は
ぼろぼろにすりきれた
役立たずの
古雑巾のような存在さ

四

青いバスがきた
前方は同じような顔をした
サラーマンで一杯だが
後方は四、五人しかいない
俺は見送った
あのバスへのれば
仕事場へ早くつくのだが
も一台青いバスが
俺の前を通りすぎる
又のれなかった
夕べ俺はあのバスの中で
狂った狼のよう
どなりうめき
醜態をさらけ出し
乗客をも脅した

俺があの青いバスへのれば
何人かの人間が俺を嘲り
後《うしろ》指をつき立てるからだ
満員の茶のバスがきた
俺はどぶねずみより
素早くとびのった
この茶のバスなら
俺の酒《さけ》狂《ぐる》いを
知る人間はいないだろう
後からがらがらに
空いた青いバスが
俺を追いかけてくる

五

「このきちげえやろう！
毎晩毎晩おそくなりやがって
家《ここ》が気に入らなったら出て
いきゃがれー」
親父は竹刀を右手に握り怒号する
「・・・・・」
俺は煙草を吸いながら
陶然《ばかーん》としている
「F雄あやまれF雄あやまれ
　あやまれあやまれF雄」
白髪交じりの髪を乱し
寝起き姿のおっかあが哀願する
「・・・・・」
俺は陶然としながら
吸いかけの

煙草の火を左手の甲になすりつけた
「ここの野郎!」
親父が竹刀を振りかざす

著者プロフィール

吉田文雄（よしだふみお）

1945年生まれ
茨城県土浦に育つ

二十二才の地獄

2001年1月15日　初版第1刷発行

著　者　吉田文雄
発行者　瓜谷綱延
発行所　株式会社文芸社
〒112-0004　東京都文京区後楽2-23-12
電話　03-3814-1177（代表）
03-3814-2455（営業）
振替　00190-8-728265

印刷所　株式会社平河工業社

乱丁・落丁本はお取り替えします。
ISBN4-8355-1093-3 C0092